Слава Бродский

БОЛЬШАЯ КУЛИНАРНАЯ КНИГА РАЗВИТОГО СОЦИАЛИЗМА

для гурманов и простых людей
Москвы и Ленинграда

Manhattan Academia

Слава Бродский
Большая кулинарная книга развитого социализма
Manhattan Academia, 2010 – 84 с.
www.manhattanacademia.com
mail@manhattanacademia.com
ISBN: 978-1-936581-00-9

Книга содержит кулинарные рецепты и сопутствующие советы для жителей двух столичных городов советской России – Москвы и Ленинграда. Собрание рецептов и советов относится к двум фазам общественного устройства страны – развитого социализма и коммунизма, – которые закончились в начале девяностых годов прошедшего столетия. Книга, однако, остается полезной для многих, кто живет в России сейчас. Она может оказаться ценной и для жителей регионов мира с похожим общественным укладом жизни. Книга также должна представить несомненный интерес для тех, кто изучает проблемы социализма и коммунизма, и особый интерес – для тех, кто никогда над такими проблемами не задумывался.

Моим друзьям,
с которыми я едал

Содержание

Предисловие к публикации

Перебирая недавно старые бумаги на чердаке своего миллбурнского дома, я нашел одну мою давнишнюю рукопись. Это была практически готовая к изданию книга кулинарных рецептов. Я написал ее еще в Москве в конце восьмидесятых годов прошедшего столетия. Последние добавления были сделаны там же в самом начале девяностых годов. Опубликована книга не была. Хотя она могла бы быть весьма ценной и полезной для того времени. В наши дни она, как мне сначала показалось, потеряла остроту момента именно как кулинарная книга. Хотя те из моих друзей, которые читали ее когда-то давно в рукописи и сейчас живут в Москве, говорили мне, что в чем-то она свою актуальность сохранила и до сих пор. Тем не менее, я сначала подумал, что издавать книгу теперь нет никакого резона. Однако же, перечитав ее, изменил свое мнение на этот счет, и вот по какой причине.

Не все, наверное, знают, что в восьмидесятом году в России был построен коммунизм. Все его ждали так долго. А вот когда он наступил, его как-то пропустили. Сами коммунисты, правда, именно в это время немного передумали и стали называть то, что они построили, развитым социализмом. Они полагали, наверное, что будет еще какая-то фаза, более продвинутая, чем этот развитой социализм. И вот тогда-то они и будут называть ее коммунизмом.

Многие считают, что никакой другой фазы не было. А я думаю, что коммунисты были правы. Все-таки то, что было в восьмидесятых годах – это был еще не полный коммунизм. И называть его развитым социализмом, наверное, очень правильно. Коммунизм – это, по определению самих коммунистов, последняя стадия развития социалистического общества. И вот в девяностом году наступила уже последняя стадия развития социализма и превращения его в коммунизм. И то, что это была последняя стадия и, следовательно, вполне законно тогда называть ее коммунизмом, стало ясно буквально через два года.

Но на самом-то деле не имеет большого значения – считать, что коммунизм наступил в восьмидесятом году или считать, что он наступил в девяностом, а в восьмидесятых годах был только развитой социализм. Между этими двумя периодами была хоть и видимая, но не такая уж значительная разница. И многие полагают, что коммунизм и развитой социализм – это вообще одно и то же.

Ну что ж, как ни считать, в любом случае я могу утверждать, что я жил при коммунизме. И я иногда думаю, как мне в этом все-таки повезло. А людей, которые не жили при коммунизме, мне по-настоящему жалко. Жалею я их, так сказать, в информационном смысле. Из-за того богатого информационного потока, который прошел, не коснувшись их. Разумеется, еще больше я сочувствую тем, кто жил при коммунизме. Но это сочувствие уже совсем другого плана.

И я подумал, что, может быть, моя кулинарная книга будет интересна тем, кому не удалось пожить при коммунизме. Не своими кулинарными рецептами, а вот этой самой информацией от прямого свидетеля того времени.

Опять же, никогда не знаешь, где, когда и в каком виде может возродиться социализм. Именно в то время, когда кажется, что он дискредитировал себя полностью и окончательно, кто-то приклеивает на щит своей избирательной кампании все социалистические лозунги. И по какой-то причине (по-видимому, по какому-то всеобщему закону природы) эти лозунги опять становятся привлекательными для многих.

И вот представьте себе, что где-то еще будет построен настоящий социализм, который неминуемо должен будет со временем перейти в развитой социализм, а потом и в коммунизм. А моя книга уже тут как тут. И людям легче и, скорее всего, веселее будет жить при коммунизме с моими кулинарными рецептами. Во-первых, они будут знать, что не они первые, кому так повезло. А во-вторых, они смогут использовать книгу по прямому назначению.

Именно по совокупности изложенных причин я и решил опубликовать мою книгу именно сейчас. И я надеюсь, что читающий народ встретит ее благосклонно.

Слава Бродский
Миллбурн, Нью-Джерси
11 июня 2010 года

БОЛЬШАЯ
КУЛИНАРНАЯ КНИГА
РАЗВИТОГО СОЦИАЛИЗМА

Отказ от ответственности

Автор ни в коей мере не гарантирует безопасность его рецептов и советов. Любой из них может вызвать сильнейшее желудочное расстройство, пагубно повлиять на здоровье и даже привести к смертельному исходу. Все кулинарные рецепты и советы данной книги должны приниматься читателем на свой страх и риск.

Введение

Меня всегда раздражали кулинарные книги, рецепты которых состояли из никому не известных ингредиентов. Поэтому с самого начала, когда еще только у меня возникли первые мысли о книге, уже тогда я решил, что она, прежде всего, будет практической. Я решил, что рецепты, которые я буду приводить, будут содержать только те ингредиенты, которые можно (хоть не всегда, но с какой-то ощутимой вероятностью) купить в близлежащем магазине. Экзотические продукты не должны быть частью никакого рецепта.

Что толку говорить о том, как варить гречневую кашу, если достать гречневую крупу практически невозможно. Или, например, что толку в рецепте, один из ингредиентов которого банан. Вам может посчастливиться раз в жизни купить несколько бананов. Но даже и в этом случае вам вряд ли захочется их «портить». Вы принесете их домой, покажете всем домашним. Разделите на несколько частей (по числу женщин и невзрослых мужчин в семье). И потом уже каждый со своей частью поступит так, как ему интереснее.

Так что в том, что книга моя будет «практически направлена», у меня не было никаких сомнений. В чем я поначалу сильно сомневался, так это в том, кому я смогу ее адресовать.

Конечно, мне хотелось бы, чтобы круг читателей был как можно более широким. И я задал сам себе вопрос, мог бы я написать книгу, которая была бы актуальной за пределами той страны, где я проживаю. Ну и, конечно, я сам себе ответил отрицательно на этот вопрос. И этот отрицательный ответ прямо следовал из моего намерения включать только практически реализуемые рецепты.

Действительно, откуда мне знать, что можно купить, скажем, в каком-нибудь там далеком Нью-Йорке. Я представления не имею, когда и в каком виде там продают картошку. Я не знаю, делают ли в Нью-Йорке квашеную капусту. Может быть, там даже понятия не имеют, что это такое. Как знать, какая рыба и как часто появляется там на прилавках магазинов? Я очень сомневаюсь, что в Нью-Йорке можно свободно купить мороженую мойву. Не могу объяснить почему, но мне в это как-то не верится. Хотя я вполне допускаю, что там гораздо проще достать мороженый хек, чем тут, у нас, в Москве или Ленинграде.

Даже сейчас, когда немного приподнялась завеса от окружающего нас мира, все равно мы мало что знаем о далеких странах. А сведения, которые стали к нам постепенно поступать, часто оказываются довольно противоречивыми. С одной стороны, вам рассказывают фантастические истории о каких-то винных магазинах, где в неограниченном количестве продаются десятки сортов пива. С другой стороны, там может не оказаться совсем простых вещей.

Один приятель моих московских знакомых каким-то образом оказался в Бостоне. И жил там на квартире дальних родственников около недели, пока те проводили где-то свой отпуск. И вот в какой-то момент у него отломилась ручка от сковородки. Он, естественно, решил ее починить. Для этого ему нужен был всего-навсего один какой-то шуруп или даже гвоздь.

Ну, и он вышел на улицу, чтобы подобрать там этот самый гвоздь или шуруп. Почему он вышел на улицу, а не пошел в магазин, я не знаю. Наверное, он точно не знал, какой магазин ему нужен. А может быть, ему было до него трудно добраться. Да и зачем за одним гвоздем ехать в магазин? Действительно, не проще ли просто подобрать этот гвоздь на улице? Там их должно быть видимо-невидимо. Ну, это он так, я полагаю, думал, что на улице этих гвоздей должно быть видимо-невидимо.

И вот он ходил по улицам Бостона и пытался найти один единственный гвоздь. (Это мне всё мои московские знакомые рассказывали.) Ну и как вы думаете, нашел он гвоздь или нет? Нет, не нашел. И очень сокрушался на этот счет.

Я даже не могу себе представить такую ситуацию у нас в Москве. Если вы не найдете гвоздь в первую же минуту на улице, можно подойти к любой стройке. Там этих гвоздей можно будет наковырять, наверное, сотню за пару минут.

Почему же такая промашка в Бостоне произошла? Может быть, там гвозди дорогие? А может быть, там улицы подметают каждый месяц? Никто на эти вопросы ответить не может.

Еще этот приятель моих московских знакомых рассказал вот что. Когда он летел в Америку, их самолет приземлился в Канаде. И там же в самолете им дали карточки на бесплатную «Кока-колу». Ну, и он, естественно, побежал за ней. И пока он искал, где она там раздается, он ходил мимо каких-то выставленных прямо в проходах товаров.

И стал он присматриваться к ценам. И заметил там какой-то свитер, который ему понравился. Но когда он посмотрел на ценник, то увидел, что свитер стоит более четырехсот долларов. Он помножил это число на курс рубля к доллару и получил какие-то астрономические цифры. И он сказал, что у него даже мелькнула мысль, не полететь ли ему тут же обратно. Поскольку у него с собой всего-то было около трехсот долларов, на которые он собирался купить в Нью-Йорке подержанный компьютер, чтобы продать его в Москве за сорок тысяч рублей и купить на эти деньги себе дачу в Подмосковье. И он еще в Москве все уши прожужжал моим знакомым о том, что он там выяснил про все эти компьютеры. И он даже разузнал, что такой компьютер, на который можно купить дачу в Подмосковье, называется в Нью-Йорке «секонд хэнд компьютер».

А вот еще один случай, который подтверждает мою мысль, что далеко не все легко понять про далекие страны.

Мой отец недавно решил вступить в переписку со своим племянником (моим двоюродным братом), который уехал в Америку лет двадцать тому назад и поселился в Нью-Йорке. Отец посчитал, что такая переписка сейчас стала уже совсем безопасной. И вот мой отец стал задавать своему племяннику всякие вопросы о жизни в Нью-Йорке. И стал он у него спрашивать, сколько стоит то, сколько стоит сё и легко ли все это достать.

К большому удивлению моего отца его племянник стал нести что-то не очень понятное. И вот тогда мой отец написал ему, что, мол, ладно, забудь про все мои прежние вопросы, которые, наверное, слишком сложные, но ответь мне, пожалуйста, на один простой вопрос – легко ли в Нью-Йорке купить спички и сколько они стоят.

Отец сказал мне, что ему этого будет вполне достаточно. Если он узнает, сколько стоят спички, он сможет составить себе и более общую картину нью-йоркской жизни.

И опять же, к большому удивлению моего отца, его племянник ответил что-то не очень уверенное. Он написал, что спички, наверное, купить легко. Но он точно не знает, где они продаются и сколько они стоят.

Отец пожаловался мне на это. Он говорил, что как все-таки трудно ИХ понять. Ну, неужели его племянник действительно не знает, сколько стоят спички? И что значит это «наверное»? Как это можно сказать, что спички, НАВЕРНОЕ, купить легко?

Вот так я и отошел от мысли сделать свою книгу, так сказать, интернациональной. И решил писать ее только для своих соотечественников. И я вообще думаю, что кулинарные книги должны быть только отечественного производства. Ну, может быть, не для всякого отечества это справедливо. Но для нашего – это уж точно верно.

И еще я подумал о том громадном различии, которое существует между фантастически отменным снабжением продуктами питания столичных магазинов и скудностью магазинов деревень и провинциальных городов. И я вспомнил об одном завете Эрнеста Хемингуэя: писать только о том, что хорошо знаешь. И вот тут-то я решил писать свою книгу только для москвичей и ленинградцев.

В своей книге, помимо непосредственных рецептов, я даю еще много сопутствующих советов, следуя которым читатель смог бы гораздо легче реализовать эти рецепты. И в этом плане, как я думаю, для москвичей моя книга будет полезнее, чем для ленинградцев. И вот по какой причине.

Ленинградцы пережили блокаду. Уже мало блокадников осталось в живых к настоящему времени. Но память блокадная и блокадные навыки, как я сейчас отчетливо вижу, передаются из поколения в поколение. И чисто блокадные приемы работают сейчас, при коммунизме. И вот вам самый свежий пример.

В блокаду доведенные до отчаяния люди пытались использовать хлебные карточки уже умерших людей. И сейчас использование продуктовых карточек мертвых людей уже, к сожалению, вполне освоенный прием. Как только в Ленинграде ввели продовольственные карточки, так почти сразу же этот прием всплыл на поверхность общественной памяти ленинградцев. Я не сомневаюсь, что москвичи тоже будут так делать. Но для этого еще должно пройти какое-то время.

Какие же сопутствующие советы я даю в своей книге? Я даю массу полезных советов. И среди них особое место занимают советы о закупке и хранении продуктов.

Все знают, что не скоропортящиеся продукты (к ним относятся, например, сахар, соль, любая крупа) надо закупать как можно больше. И об этом не надо много говорить. А вот о бережливом отношении к скоропортящимся продуктам, наверное, не грех, как говорится, и напомнить кое-что.

Тут есть два основных момента. Первый состоит в том, что к продуктам надо относиться бережно и правильно их хранить. Второй момент заключается в умении спасти продукт, близкий к гибели. Я, правда, не думаю, что вы можете выбросить какие-то продукты, с которыми где-то что-то там немного произошло. Но ознакомиться с советами человека, чрезвычайно опытного в этом отношении, я думаю, будет очень и очень полезно.

Один мой приятель посоветовал мне включить в книгу специальный раздел для участников войны. Посоветовал он мне это, безусловно, по незнанию. Почему-то среди народа распространено такое мнение, что участники войны пользуются продуктовыми льготами. Но это мнение, как я могу вполне определенно засвидетельствовать, не соответствует реалиям. Мой отец – участник войны. И получил он магазинные талоны в исполнение программы построения коммунистического общества только один раз и совсем недавно. И талоны эти были на трусы и гуталин. Ну, трусы никто не назовет продуктом питания. И не дай Бог дожить до такого времени, когда гуталин будет отнесен к этой категории.

Первоначальное название моей книги было «Кулинарная книга развитого социализма». И хотя сейчас становится все яснее и яснее, что страна вступила в последнюю фазу построения коммунизма, я все-таки решил оставить официальное наименование настоящего периода в названии книги.

К тому моменту, как я закончил работать над книгой, снабжение столичных магазинов сильно ухудшилось. И какие-то продукты, которые мне представлялись раньше как легко добываемые, стали появляться все реже и реже. И я стал подумывать, не исключить ли мне некоторые рецепты из книги. Но потом я все-таки отказался от этой мысли. И только чуть подправил заголовок, назвав книгу «Большой кулинарной книгой развитого социализма». Я хотел подчеркнуть этим заголовком, что не все рецепты могут быть легко реализованы. Некоторые из них даются мной в расчете на счастливый случай – удачную покупку. И я только надеюсь, что это обстоятельство не будет вызывать большого раздражения у читателей моей книги.

Слава Бродский
Москва
11 июля 1991 года

ЗАКУСКИ

Сало вкусное

Кушанье состоит всего из двух ингредиентов: сала и чеснока. На первый взгляд кажется, что их практически невозможно достать. Но это не совсем так. Конечно, самое трудное – это сало. Чеснок иногда бывает в магазинах. И он может довольно долго лежать в холодильнике. В крайнем случае, его можно купить на рынке.

Я знаю, что на рынок ходят только тогда, когда кто-то болен в семье. Но чеснок – это исключение. Он, конечно, очень дорог на рынке. Но нужен он в малом количестве. Поэтому купить одну головку чеснока на рынке не будет слишком накладно.

Теперь о сале. Тут я уже не посоветую никому идти на рынок. Сало можно вполне подловить в обычном продуктовом магазине. Надо только проявить немного терпения.

Надо ли вам заходить внутрь магазина, чтобы понять, что там что-то есть? Нет, не надо. Если там что-то есть, то, во-первых, через магазинное стекло можно увидеть необычное скопление народа внутри магазина. А во-вторых, вы почувствуете это и так, даже не смотря через стекло. Как это чувство приходит – трудно сказать. Как вы определяете, что перед вами старый человек, а не молодой, даже тогда, когда у него нет морщинок? Есть какая-то не вполне осознаваемая совокупность примет, позволяющих это заключить. Точно так же и с магазином. Наверное, люди выходят из него с какими-то воодушевленными лицами. Или заходят в него со сверх озабоченными лицами. Или что-то еще не вполне уловимое. Но, так или иначе, вы сразу чувствуете, что в магазине что-то есть.

И вот, предположим, вы обнаружили, что в магазине дают свинину. Маловероятно, чтобы вы оказались у прилавка одним из первых. Скорее всего, к тому моменту, когда вы вошли в магазин, там уже образовалась громаднейшая очередь. Что же теперь надо делать? Это несколько затянутый и сложный процесс. Я помогу вам в нем разобраться.

Подойдите к самому началу очереди и встаньте метрах в трех от прилавка. Надо, чтобы все к вам привыкли и чтобы все поняли, что вы не пытаетесь взять что-то без очереди.

Мясник рубит свинину. Хорошие куски уходят, плохие остаются. Когда плохие куски заполняют все пространство, продавец объявляет, что другой свинины не будет. Не все понимают, что это неправда, поэтому свинина, хоть теперь уже в замедленном темпе, но продолжает уходить с прилавка. И поэтому ваше время еще не пришло. Вам надо подождать еще минут пятнадцать. Если вы проявите активность прямо сейчас, очередь вас убьет.

Подождите, когда все сносные куски будут распроданы. Обычно продавец спрашивает у тех, кто стоит в самом начале, будут ли они что-то брать. Вот тут и пришло ваше время. Только не надо торопиться. Подождите еще пару секунд и скажите, что готовы купить самый плохой, жирный кусок.

Разумеется, в этот момент на вас обрушится шквал проклятий. Все будут вас ненавидеть. И вам надо вести себя соответствующим образом. Лучше всего поднять руки вверх и так их держать некоторое время, пока все не успокоятся. Поднятые вверх руки – очень хороший прием. Но надо к этому что-то еще добавить. Надо найти какие-то успокаивающие очередь слова. Например, сказать: «Если кто-то возьмет плохие куски, тогда снова начнут рубить». И сразу начинайте предлагать первым стоящим в очереди взять эти плохие куски.

Мало шансов, что первые из очереди начнут тут же разбирать плохие куски. Скорее всего, они молчаливо согласятся уступить это право вам. Не ждите, пока с этим согласятся все. Не обращайте внимания, если кто-то будет все-таки вас ругать. Действуйте уверенно. Попросите сразу пару кусков. Скажите: вон тот и этот. Потом, когда продавщица бросит их на весы, добавьте: и еще вот этот. После небольшой паузы можно сказать: и вон тот. Тут, естественно, начнется в очереди большой ропот. Но для вас важнее всего, как реагирует на это продавщица. А она, замученная претензиями привередливых первых, будет наваливать на весы все, что вы скажете.

Говядину таким образом вам не купить. Потому что там нет плохих кусков. То есть, конечно, плохие куски там есть. Я бы даже сказал, что там все куски плохие. Но они все довольно однородные. И поэтому то, что я вам предлагаю, годится только для свинины.

Короче говоря, через совсем непродолжительное время после того, как вы зашли в магазин, вы будете из него выходить с увесистым свертком чистейшего сала. Ну, не то, чтобы через совсем непродолжительное время. Час вы проведете в ожидании хорошего момента. Взвешивание – это очень быстро. Это пять – десять минут. Потом еще надо отстоять очередь в кассу (я еще дам вам некоторые советы, как надо занимать очередь). Это, наверное, не более получаса. Вернуться к прилавку и забрать свое сало – это вообще ерунда (минут десять – не более). Если все это сложить, то получится, что пару часов вы там все-таки проведете. Что, конечно, не идет ни в какое сравнение с тем временем, которое потратит тот, кто честно простоит всю очередь.

Точно такую же стратегию вы можете использовать практически для всего. Так я купил магнитофон «Днепр-11». Это было моей мечтой долгое время. Я люблю слушать музыку. А это дело находится и всегда находилось, как вы знаете, под строжайшим запретом. А с магнитофоном ваши возможности послушать музыку расширяются необычайным образом. Однако купить магнитофон абсолютно невозможно. И это знают все.

Но есть один малоизвестный прием. Вы, наверное, после моего рассказа о сале уже начали догадываться. Если нет, могу объяснить все с самого начала.

Не то, чтобы магнитофоны не продаются никогда. Нет, они иногда поступают в продажу. Но об этом в первую очередь и заранее узнают родственники и знакомые тех, кто их продает. Утром, в день продажи, об этом узнают уже все. Подобные вести разносятся чрезвычайно быстро. Скажем, если магнитофоны начинают продавать в одиннадцать утра в магазине на Новом Арбате, то к двенадцати об этом уже знает вся Москва.

Что тут делать? Мчаться в магазин? Никто так не делает. Потому что всем абсолютно ясно, что магнитофонов не хватит даже на родственников и знакомых продавцов. Поэтому-то никто и не срывается с места и не едет в магазин.

Никто, кроме меня. Не хочу себя хвалить, но смекалка, которой меня от рождения наделила природа, дает мне большие преимущества перед рядовым советским покупателем. В таких случаях я еду в магазин немедля. Но тут надо быть немного жестоким.

Надо бросить все. Больная жена, детское питание для ребенка, срочное совещание на работе – это все не причины. То, что может случиться раз в жизни, упустить нельзя.

В тот раз, когда я приехал, магнитофоны были уже все распроданы. Но огромная очередь не расходилась. Мне нелегко было пробиться к прилавку. Когда я все-таки туда протолкался, я увидел, что там на одной из полок стоял непроданный магнитофон. Я спросил у продавщицы, в чем дело. И она сказала, что магнитофон – дефектный. Я тогда спросил у первых стоящих в очереди, не хотят ли они купить неработающий магнитофон. Никто не изъявил такого желания. Не каждый решится потратить сто сорок пять рублей (более месячной зарплаты) на неработающий магнитофон.

Короче, всего через час я выносил из магазина свой магнитофон «Днепр-11». На следующий день я отвез его в гарантийную мастерскую. А еще через две недели получил его отремонтированным. Вот и вся история.

Теперь я возвращаюсь к тому моменту, когда вы вышли из магазина с увесистым свертком сала. Вот, наконец, вы приходите домой. Разворачиваете вашу свинину. Замечаете, что она содержит кое-какие прожилки мяса в некоторых местах. Эти части вы можете зажарить и устроить себе небольшой праздник. Остальное шпигуйте чесноком, густо солите – и в морозильник. Умоляю: не ешьте сало сразу, как только вы его посолите. Дайте ему просолиться. К тому же сало из морозильника – это деликатес. Потерпите немного. И когда вы достанете его из морозильника через несколько дней, вот тогда – приятного вам аппетита!

Сыр

Мы не едим сыр каждый день. Сыр мы подаем на стол, когда к нам приходят гости. И сыр всегда был и остается одной из самых популярных закусок. И вы в этом можете убедиться сами. Еще до того, как вы подали на стол горячее, весь сыр уже обычно бывает съеден. На столе еще может остаться селедка или какой-нибудь салат, но сыр остаться на столе не может.

Правда, сейчас, наверное, я не поверил бы в то, что на столе может остаться селедка или салат. Но совсем недавно такое запросто могло случиться.

Ну, совсем в давние времена, лет двадцать тому назад, я помню, даже сыр мог остаться на столе. Особенно в богатых семьях. И тогда много разговоров было о том, как нарезанный сыр хранить в холодильнике, чтобы он не засох там и не скосоворотился. И кто-то придумал феноменально простой способ: класть в баночку с сыром кусок сахара. Как и почему сыр оставался абсолютно свежим в этой баночке – этого никто не знал. Сейчас этого тоже никто не знает. Сейчас никто не помнит даже, я думаю, про сам этот способ хранения сыра с сахаром. Не помнит никто об этом по той простой причине, что сейчас уже нарезанный сыр не остается на праздничном столе. Сейчас уже проблема состоит не в том, как сохранить сыр после ухода гостей. Сейчас проблема заключается в том, чтобы сохранить сыр к приходу гостей.

А теперь о том, что может случиться с сыром, если он у вас пролежал долго (надеюсь, что в холодильнике) в ожидании особо почетных гостей. Ничего такого страшного с ним не должно было произойти. Однако же он мог немного заплесневеть.

Ну, если мы говорим, что сыр немного заплесневел, то это, вообще говоря, не значит буквально, что он заплесневел немного. Он, может быть, заплесневел вполне прилично. Но и в этом случае принято говорить, что сыр немного заплесневел.

Почему мы так говорим? А как вы хотите, чтобы мы говорили в подобных случаях? Что сыр заплесневел весь к чертовой матери? Нет, так интеллигентные люди не говорят. А вы же живете в Москве или Ленинграде? Так? Значит, вы интеллигентный человек.

Что же делать, если сыр немного заплесневел?

К счастью, на сыре плесень всегда очень заметна. К тому же на сыре плесень не может пойти внутрь продукта. Это упрощает борьбу с ней. Надо просто срезать заплесневевшие участки.

Я видел однажды, как это делала одна моя знакомая. Она срезала тонкий заплесневевший слой со всех шести сторон сырного куска. И хоть слои, которые она срезала, и были тонкими, но в результате ей пришлось выбросить сыра довольно порядочно.

В некоторых запущенных случаях такой способ является единственно возможным. Но чаще всего достаточно просто соскоблить плесень ножом. Только надо использовать нож с гладким (не зазубренным) лезвием.

Гурманам я рекомендую каждую сторону сырного куска проходить дважды. Первый раз соскабливается основной слой. Потом моется нож. Второе соскабливание делается с очень маленьким нажимом. И делается оно только для того, чтобы убрать случайно оставшиеся части сыра при первом соскабливании.

Теперь сыр можно подавать на стол. Может случиться, что какой-то ваш гость почувствует привкус или запашок плесени. Спросите его тогда, ел ли он когда-нибудь французский сыр. И не дожидаясь ответа, переставьте тарелку с сыром подальше от него и поближе к другим гостям.

Салат «Оливье»

Для приготовления этой вкуснейшей закуски вам будут нужны, к сожалению, два весьма редких ингредиента: зеленый горошек и майонез. Но поскольку это блюдо готовится только к особо торжественным случаям, есть надежда, что вы сможете заранее их купить. И если уж вам посчастливилось их достать, вы и ваши гости будете вознаграждены.

Другие продукты для салата сравнительно легко найти. Вам еще нужна вареная картошка и соленые огурцы. Все это надо смешать в любой пропорции в зависимости от того, сколько и чего у вас есть в наличии. Не переложите только соленых огурцов.

Украсить салат хорошо зеленью. К сожалению, ее нельзя купить впрок. Поэтому к вашему празднику у вас ее, скорее всего, не должно быть.

Я подскажу вам простой выход. Возьмите зеленый бумажный лист. Согните его пополам и склейте. Теперь у вас получился лист бумаги, который зеленый с двух сторон. Вырежьте из него ажурные фигурки, похожие на зелень петрушки. Воткните три-четыре таких фигурки в салат. Получится красиво.

Многие, наверное, спросят, как достать зеленую бумагу. Это очень просто, если вы обладаете хотя бы небольшой жилкой запасливости.

В Москве и Ленинграде, хотя и редко, но устраиваются различные международные выставки. На выставках представители иностранных фирм раздают каталоги своей продукции совершенно бесплатно. Каждый из них напечатан на изумительной бумаге. Внутри – масса цветных страниц. И, естественно, желающих получить эти каталоги гораздо больше, чем самих каталогов. Поэтому, чтобы избежать большой конкуренции, я вам советую встать около чего-нибудь такого, что не очень интересно всем. Не вставайте там, где показывают фотоаппараты или магнитофоны. Пристройтесь к каким-нибудь насосам и терпеливо ждите. И, главное, не суетитесь. Если вам удастся заполучить каталог, не просите сразу другой. Сделайте вид, что вы его читаете. Тогда представитель фирмы может обмануться и дать вам еще несколько каталогов. При умелом и спокойном поведении не более чем через полчаса вы будете обладать стопкой фирменных каталогов.

Надеюсь, вы понимаете, что не надо полагаться на случай. И я надеюсь, что вы припрячете каталоги, прежде чем пойдете к выходу. В противном случае гэбэшники могут эти каталоги у вас отнять. И конечно же, вероятность такого исхода зависит от того, из какого павильона вы выходите. Если это – финские насосы, то, скорее всего, пронести каталоги будет легко.

Мне как-то пришлось выносить каталоги из павильона израильской книги. Гэбэшники стояли на выходе плотными рядами. Я поступил так: засунул каталоги в штаны сзади, рубашку выпустил сверху и медленно двинулся к выходу. Для надежности я сделал рассеянное скучное лицо и как бы думал о чем-то постороннем. Тогда никто меня не остановил. Но когда я шел к выходу, пожалел, что не потренировался накануне перед зеркалом.

Теперь вернемся к нашему праздничному блюду. Вы вырезали из зеленой бумаги ажурные листочки петрушки и воткнули три-четыре таких украшения в ваш салат Оливье. Теперь его можно подавать на стол!

Селедка под шубой

Я буду еще говорить о том, как определить пригодность рыбы. С селедкой дела обстоят значительно проще. Неприглядный внешний вид селедки еще ни о чем плохом не говорит. Селедка, на взгляд, может показаться совершенно испорченной. Чаще всего, из-за своего ржавого цвета. Тем не менее, она может иметь отменный вкус. Во всяком случае, ни я, ни кто-либо из моих знакомых селедкой никогда не травился. И я вообще не слышал о таких случаях. Гарантию нам здесь дает густая засолка селедки.

А теперь о самом рецепте.

Разумеется, надо помыть селедку хорошенько. Может быть, даже надо ее отмочить. То есть положить в воду на несколько часов.

Теперь ее надо нарезать на кусочки и положить на дно селедочницы. Сверху накрыть отварной натертой свеклой, смешанной с нарезанной отварной картошкой и майонезом.

Да, и здесь тоже майонез просто необходим. К сожалению, он не поддается длительному хранению.

Только в стеклянных баночках он может храниться долго. Года два тому назад мне посчастливилось купить десять пластмассовых баночек майонеза. И я стал думать, как его сохранить. Мне было ясно, что просто в холодильнике он сможет простоять не более нескольких месяцев. Поэтому у меня не было другого выхода, как положить его в морозильник. К сожалению, когда я его достал оттуда через, наверное, полгода, я был страшно разочарован. Майонез разделился на фракции. И после того, как я постарался все снова перемешать, безусловно, что-то потерял во вкусе.

Однако же если вам попадутся пластмассовые майонезные баночки, не сомневайтесь – держите их в морозилке. По-другому их не сохранить. Я думаю, что лучше пусть у вас будет майонез из морозильника, чем не будет никакого. И я также думаю, что несмотря ни на что, селедка под шубой у вас получится вкусной и ваши гости будут вполне ею довольны.

Мойва соленая и вяленая

Все, что вам необходимо – это мойва и соль. Когда мойва нужна, ее не так-то легко найти. Хотя она часто лежит в магазинах и ее никто не покупает. А не покупают ее по глупости людской. Потому, что не знают, насколько она хороша в вяленом виде. А потому иногда незаслуженно называют ее штрафной ротой.

Когда вы наткнетесь на мойву в магазине, советую купить ее побольше. Хотя бы килограмма три или даже четыре.

Засолите ее и оставьте на день. Не бойтесь пересолить. Мойва не впитает соли больше, чем нужно.

Теперь вам нужно нанизать всех ваших мойв на какое-то основание. Проще всего использовать для этой цели проволоку. Ее можно найти практически около любой стройки. Надо только вашу проволоку очистить от ржавчины и хорошенько помыть.

Нанизывать мойву вы будете через глаза. И остатки ржавчины, так или иначе, попадут в рыбьи головы. Что делать в таком случае? Выбрасывать головы?

Нет. Это слишком расточительно. Многие не любят есть рыбьи головы. Я считаю это большой ошибкой. Рыбья голова – пожалуй, самое вкусное рыбье место. Так что же делать? Есть ли какой-то заменитель проволоки?

Тут я опять надеюсь, что вы обладаете некоторой степенью запасливости и у вас найдется суровая нитка. Только ее надо скрутить – так, чтобы получилась многожильная нитка. И, конечно же, лучшим заменителем проволоки будет толстая рыболовная леска.

После того, как вы нанизали всех своих мойв на проволоку (на нитку или на леску), надо эти связки куда-то пристроить. Кстати, когда мойвы все висят в связке, вот тогда-то я и вспоминаю про штрафную роту. Но, должен сказать, эта ассоциация для меня не является неприятной.

Куда же теперь пристроить вашу штрафную роту? Если у вас коммунальная квартира, можно подвесить все ваше хозяйство за окном. У меня отдельная квартира, и в ней есть балкон. А на балконе можно подвесить столько связок, сколько мне даже и не нужно. Поэтому у меня с подвеской мойв вообще нет никаких проблем.

Ну, почти нет проблем. Дело в том, что сначала с моей штрафной роты начинает капать соленая вода. А через несколько дней начинает скапывать рыбий жир. Конечно, все домашние страдают от густого рыбьего запаха. Но, к счастью, это продолжается не долго. Через неделю все к запаху привыкают, хотя пахнет с каждым днем все сильнее и сильнее.

Еще одна небольшая проблема возникает вот по какой причине. В какой-то момент мойву начинают атаковать мухи. Что с этим делать? Сейчас я вас научу, что с этим делать.

Лучше не делать ничего. Если вы закроете мойву даже, например, марлей, естественный поток воздуха ослабнет. И возникнет большая вероятность того, что мойва не просушится достаточно быстро. И, следовательно, она может подтухнуть. Так что пусть уж на вашу мойву садятся мухи. От мух, насколько я знаю, никто еще не умирал.

Сколько времени надо вялить мойву на открытом воздухе? Это зависит от погоды. При жаркой погоде, может быть, будет достаточно одного месяца. При плохой погоде может оказаться недостаточным и двух месяцев. Но в любом случае уже через несколько дней вы можете свою мойву попробовать. Это еще не будет вяленая мойва. Это будет соленая мойва. Но абсолютно хорошие гастрономические ощущения я вам могу гарантировать.

Не надо, чтобы ваша мойва пересушилась. Через пару месяцев, когда она приобретет приятный коричневатый цвет, вы должны ее положить в холодильник.

Хочу вас спросить: выбрасываете ли вы использованные полиэтиленовые пакетики? Нет, конечно же, нет. Так могут поступать только тупики. Я уверен, что вы их не выбрасываете. Вы моете ваши пакетики, сушите и храните их где-то на кухне. И вот теперь они очень и очень вам пригодятся. Держать в холодильнике мойву, не упакованную в пакетики, я вам категорически не советую.

Если вы меня не послушали и купили мойвы менее двух килограммов, то в холодильник вам будет класть нечего. К тому моменту, когда мойва достигнет полной степени готовности, вы уже ее всю перепробуете. Что же тогда делать? Успокойте себя мыслью, что на ошибках учатся.

Но я все-таки надеюсь, что в любом случае вы сможете что-то припрятать для какого-нибудь торжественного случая. И когда вы будете кормить вашей мойвой своих друзей, они, несомненно, будут просто поражены ее вкуснотой. И, скорее всего, они будут вас расспрашивать, как вы ее приготовили. Так вот, если среди ваших друзей попадутся гурманы, им необязательно знать про мух.

Колбаса кружочками

Вряд ли кто-то не согласится со мной, что колбаса является украшением праздничного стола. Готовить ее не надо. Ее только надо нарезать. И все уже давно знают, как ее надо резать перед подачей на стол. Разумеется, не надо резать ее толстыми кусками. Так поступают только идиоты. Резать ее надо тоненько-тоненько. И как бы под углом. Тогда кружочки получаются не скучно круглыми, а нарядно овальными.

Да, я знаю, я прекрасно знаю, что кружочки не могут быть овальными. А если уж у вас есть что-то овальное, то это не кружочки. Но так мне говорил однажды кто-то в какой-то лесополосе между двумя квадратами подсолнуха близ города Саратова. И мне до сих пор это кажется очень милым.

А на самом-то деле, конечно же, проблема не в том, как нарезать колбасу, а как ее достать. Но если вы побегаете по магазинам в течение месяца перед, скажем, своим днем рождения, то вам в конце концов должно повезти.

К сожалению, во всех магазинах сейчас действует унизительное правило: отпускать колбасу только по двести граммов в одни руки. Что тут можно посоветовать? Да ничего тут уже нельзя посоветовать.

Ну, не то, что совсем уж ничего. Кое-что попробовать все-таки можно. Вам ничего не стоит сказать продавщице, что ваш сын был все время с вами и вот в самом конце куда-то убежал. И что вы его за это убьете. После этой фразы скривите лицо в нервной улыбке.

Вместо сына можно назвать жену или мужа. И важно при этом выразить свое возмущение крайне энергично. Можно (и даже нужно) назвать мужа дураком. Про жену можно сказать что-нибудь неразборчивое сквозь зубы и запнуться посередине фразы. Продавщица все поймет и может сжалиться над вами.

Занимайте очередь в кассу, пока вы стоите в очереди за колбасой. Очередь за колбасой движется медленно. Поэтому занимайте очередь в кассу несколько раз. Занимайте очередь в разные кассы.

Не все, кстати, знают, как правильно надо занимать очередь. Казалось бы, такая простая штука – занять очередь. А вот и тут нужна смекалка.

Нужно привлечь к себе как можно больше внимания. Ну, как рядовой покупатель занимает очередь? Он спрашивает: «Кто последний?» И когда ему отвечают, говорит: «Я за вами». И все.

Это, конечно, совершенно недопустимо. Кто же вас запомнит? Представьте, что вы смогли вернуться в очередь только через десять или пятнадцать минут. Ну кто вас там будет помнить? Скорее всего, никто.

Как же нужно правильно занимать очередь?

Ну, естественно, надо спросить, кто последний. Потом надо спросить, за кем этот последний стоит. Еще надо спросить, за кем стоит тот, кто стоит перед последним. Теперь надо с ними со всеми обязательно поговорить. Но не просто так поговорить. Надо сказать что-то запоминающееся. Женщине можно сказать, что она похожа на Софи Лорен. И неважно, на кого она на самом деле похожа. И делаете вы это не для того, чтобы польстить. Вы делаете это вот для чего. Когда вы вернетесь в очередь и все будут говорить, что вы тут не стояли, вы тогда скажете: «Ну, как же?! Помните, я еще сказал, что вы похожи на Софи Лорен?»

Если кто-то читает газету, можно спросить, что там написано про погоду. Если это лето, скажите, что завтра, вы слышали, ожидается снег. Если это зима, скажите, что, по слухам, будет двадцать градусов тепла. Если кто-то читает про спорт, скажите, что вчера Башашкин забил необыкновенно красивый гол, в падении через себя, но, к сожалению, в свои ворота. Чем нелепее будет ваша фраза, тем надежнее про вас вспомнят потом.

Многие считают, что надо обязательно дождаться, когда за вами займут очередь. Конечно, это очень и очень неплохо – дождаться, когда за вами займут очередь. А если вы должны срочно побежать и проверить какую-то другую вашу очередь? Что тогда делать?

Попросите женщину, за которой вы стоите, предупредить, что вы за ней занимали. Она, наверное, с неудовольствием пожмет плечами. Но вы на это не должны обращать много внимания. Но обязательно должны сказать что-то запоминающееся. Скажите, например, что вы завтра ложитесь на операцию. При чем тут операция – это не важно. Важно – не упустить очередь.

Я бы даже сказал так: в умении правильно занимать очередь и держать ее – залог вашего продуктового благополучия. И если вы научитесь это делать, ваш праздничный стол всегда будут украшать нарядные овальные кружочки колбасы.

СУП
(ПЕРВОЕ)

Куриный суп

Самое главное в приготовлении куриного супа – это достать курицу. Все остальное очень просто.

Выщипите из курицы крупные перья рукой. Остальное обожгите на газовой плите. Положите курицу в подсоленную воду и варите около двух часов.

Не сомневаюсь, что никому не придет в голову отре́зать и выбросить у курицы шею. А вот куриную голову некоторые отрезают. Это, безусловно, является большой и непростительной ошибкой. И беда заключается не в том, что голову отрезают. Отрезать-то голову можно и даже нужно. Выбрасывать ее никак нельзя. То же самое я могу сказать и о куриных лапках. Все это вместе не только даст дополнительный навар, но также значительно украсит сам куриный суп.

Что нужно делать после того, как курица сварилась? Надеюсь, вам не надо напоминать, что она стоит два рубля шестьдесят пять копеек за килограмм. Конечно же, это очень дорого. К тому же эту дорогущую курицу было еще не так-то легко найти.

Мой товарищ по работе сказал мне недавно, что все это ужасно его удивляет. Курицу, – он мне сказал, – очень легко разводить. И она только у нас такая дорогая. А везде она стоит в несколько раз дешевле мяса. И что он вообще не понимает, почему у нас ее не разводят в больших количествах. И если у нас не знают, как ее разводить, то почему наши разведчики не могут это разведать? Вон, мол, сколько они наразведывали. И секреты атомной бомбы наразведывали. И чертежи всяких там моторов, самолетов, пароходов, ракет – это все они тоже наразведывали. Вычислительные машины, телевизоры, магнитофоны, холодильники – тоже наразведывали. От больших заводов до гвоздиков малых – ну абсолютно все они наразведывали. Книг даже всяких разных – вон сколько наразведывали. А вот как кур разводить, так этого они почему-то разведать не могут.

Ну, я, к сожалению, на такие сложные вопросы ответить не могу. Я могу отвечать только на простые вопросы. И попытаюсь здесь помочь советом тому, кто варит куриный суп и не обладает врожденным чувством хозяйской бережливости.

Выньте курицу из бульона. Вы будете использовать ее для приготовления второго блюда (см. рецепт «Вареная курица»). Куриные потроха, голову, шею и лапки оставьте в кастрюле. Теперь положите туда нарезанный кубиками картофель и луковицу. Варите все это еще полчаса.

Когда будете разливать суп по тарелкам, дайте куриную голову тому, кто чем-то отличился недавно. Например, ребенку, если он принес хорошую отметку из школы. Если никто ничем не отличился, в этом случае обычно голову кладут хозяину дома.

Борщ изысканный

Как бы вы ответили на вопрос о том, какой самый главный компонент борща? Вы думаете, свекла? Нет. Главный компонент борща – это вода. Слава Богу, что вы живете не в Феодосии, где воду включают только на пару часов раз в неделю. Воды у вас сколько угодно. Проследите только за тем, чтобы в ваш борщ не попали самые первые струи из-под крана, где может быть ржавчина или еще какая-то гадость.

Какие овощи идут в борщ кроме свеклы? Ответ очевиден: те, которые у вас есть. А что у вас может быть? Конечно же, капуста и картошка.

Если у вас нет картошки, нарежьте капусту и положите ее в кастрюлю вариться. Если есть картошка и нет капусты, то надо сначала отварить пару картофелин. Затем надо сделать картофельное пюре и бросить обратно в ту же воду, где вы варили этот картофель.

Теперь, пока на одной конфорке у вас варится капуста или картофельное пюре, на другой конфорке начинайте варить свеклу. Сваренную свеклу почистите, натрите на терке и положите в кастрюлю, которая стоит у вас на соседней конфорке. Доведите все это до кипения. Но не кипятите, иначе красный цвет борща неминуемо потускнеет и превратится в грязно-коричневый.

Надеюсь, что у вас нет проблем с солью. Не жалейте ее. Я ненавижу недосоленный борщ. Не в том смысле, что я не стану его есть. Разумеется, я буду его есть. Я просто имел в виду, что я ненавижу, когда борщ недосаливают.

И, конечно же, борщ без сметаны не может считаться полноценным борщом. К сожалению, сметана становится сейчас все большей и большей редкостью. Тем важнее научиться правильно ее использовать.

Я не сомневаюсь, что если вам повезло где-то сметану достать, то вы купили ее не на один или два раза. У вас, скорее всего, большая банка сметаны. И я должен вас похвалить за то, что вы все время носили пустую банку с собой во все магазины, чтобы не упустить ваш случай.

Той сметаны, что вы купили, хватит примерно месяца на два. Но тут есть один подводный камень. Сметана страдает от плесени. Я уже объяснял, как надо бороться с плесенью на сыре. Но сметана – это не сыр. Она жидкая. И техника борьбы с плесенью здесь совершенно другая.

Начнем с того момента, когда вы достали из холодильника банку со сметаной. Теперь вам надо положить ложку этой сметаны в тарелку с борщом. Не лезьте ложкой в самую глубину. Старайтесь наполнить ложку, собирая сметану с поверхности. Плесень садится на открытые участки сметаны. Она никогда не пойдет внутрь банки, если вы не наделаете там всяких дырок. Аккуратно собирать сметану со всей поверхности банки надо еще и потому, что тогда от раза к разу плесень не успеет образоваться в большом количестве. Если плесень все-таки образовалась, вы легко можете снять тонкий слой с самого верха без больших потерь.

Итак, вы положили в тарелку борща ложку сметаны. Помешали все не торопясь. Теперь у вас впереди много приятных минут!

Суп из квашеной капусты

Я знаю, что квашеная капуста хороша без всякого супа. И трудно решиться на то, чтобы варить из нее суп. С другой стороны, квашеная капуста может немного закиснуть. И есть ее просто так уже будет не так вкусно.

И вот из такой капусты варить щи еще лучше, чем из хорошей капусты. Я бы даже сказал, что чем больше закиснет капуста, тем лучше получаются щи.

Ну, разумеется, все это верно до определенных пределов. Квашеная капуста, которая иногда продается в магазинах, закисает там уже до самой последней степени. И гурманы могут скривить от нее свой глупый нос. И, тем не менее, она часто бывает вполне пригодна для приготовления щей. Надо только понюхать ее, прежде чем вы ее купите.

Как это сделать? Ну, само собой разумеется, что вы не можете попросить продавщицу дать вам понюхать капусту. Просить продавщицу об этом совершенно бесполезно. Она не даст вам по мордасам за такую наглую просьбу, хотя, безусловно, подумает об этом. Так что же делать?

Дождитесь, пока кто-то купит капусту. И попросите показать ее вам, потому что вам показалось, что капуста необычайно хороша. Такую просьбу нормальный покупатель обычно охотно выполняет. Только не надо близко наклоняться к капусте, когда ее вам развернут. Так поступать невежливо и не необходимо. Если капуста не пахнет с расстояния одного метра или пахнет совсем немного, значит это хорошая капуста, вполне пригодная для приготовления щей.

Квашеная капуста, картошка, вода – вот и все компоненты супа из квашеной капусты. Что и говорить, конечно же, в щи совсем не помешает положить грибы. Но где же их добыть в наше время, когда грибников в лесу, как сейчас шутят, больше, чем самих грибов?

А ведь были счастливые времена, когда народ собирал только самые простые грибы. Никто тогда не брал рядовку фиолетовую. Всех отпугивал ее ядовитофиолетовый цвет. Народ боялся даже прикоснуться к грибу-зонтику. Уж очень он смахивал на мухоморы. Гриб-вешенку собирали только на земле, принимая за сыроежку. На дереве этот гриб никто не брал. Ложную лисичку не брал никто только потому, что она называлась ложной.

Но эти счастливые времена уже давно прошли. Сейчас, чтобы собрать грибов не на одну жарку, а хоть какое-то приличное количество, надо либо ночевать в лесу в грибную погоду (то есть под дождем), либо открывать новые грибы.

Но открыть новый гриб не так уж и просто. И это становится все труднее и труднее с каждым годом. Только два года тому назад почти на всех помойках загородных домов я находил гриб, похожий на колокольчик. Называется он свинушник, или чернильник. Из него вытекает яркая синяя жидкость, похожая на чернила. Но гриб этот вполне съедобный. К сожалению, его тоже сегодня уже многие берут и его уже не так-то легко найти.

Что же остается? А ничего уже больше не остается для простого человека, любящего собирать грибы.

Правда, есть такой абсолютно белый и гладкий гриб, который называется скрипун. Вот его никто не берет. И это правильно, что его никто не берет. Я как-то решил его попробовать. Долго его отваривал. Потом засолил. Попробовал я его только через несколько месяцев. Он не был ядовитым и даже не горчил. Но вкуса у него не было никакого абсолютно. Казалось, что я жую какую-то мягкую резину. Я уверен, что гурманы выбросили бы его после первой пробы. Ну, а я все мучился с ним. Пытался что-то такое в нем найти. Но в конце концов пришлось и мне его все-таки выбросить.

Однако же должен сказать, что даже сейчас я всегда набираю полным-полно грибов. Как я это делаю? Дать вам совет?

Ну что ж, извольте. Надо считать, что все грибы – хорошие. Единственное серьезное исключение – это бледная поганка. Говорят, что в рязанской области было много случаев отравления бледной поганкой, поскольку ее там путали с грибом-зонтиком.

Конечно, не надо собирать красные мухоморы. Ими можно серьезно отравиться. И это знают все. Не все, однако, знают, что можно отравиться грибами, которые очень похожи на хорошие. Поэтому я советую вам почаще ходить за грибами с опытным человеком. С таким, например, как я. И тогда вы всегда сможете есть щи из квашеной капусты с грибами.

ГОРЯЧЕЕ БЛЮДО
(ВТОРОЕ)

Котлеты деликатесные

Почему мы делаем котлеты?

Дело в том, что мясо, по своей природе, очень жилистое и жесткое. Я знаю, что многие пытаются сделать его более мягким. Кто-то отбивает его тяжелым молотком. Кто-то кладет его в морозильник, рассчитывая, что потом, когда оно оттает, в нем порвутся какие-то там жилки.

Все это, на мой взгляд, пустые хлопоты. Я всегда делаю из мяса деликатесные котлеты. Как это делается?

Прежде всего, о самом мясе.

Не думаю, что вы можете продержать у себя мясо так долго, чтобы с ним что-то произошло. Но бывают всякие обстоятельства. И тогда мясо может немного подпортиться. Скорее всего, оно вполне годно к употреблению, но у него может появиться не очень приятный запах. Гурманы в таких случаях говорят, что у мяса появился душок.

Что делать в таком случае? Как устранить этот душок?

Самый простой способ – это замариновать мясо. Положите его в небольшую кастрюлю, налейте трехпроцентного уксуса и дайте всему этому постоять денек в холодильнике.

Не все знают, как приготовить трехпроцентный уксус. Это очень просто, если у вас еще со старых времен осталась трехгранная бутылочка девятипроцентного уксуса. Каким количеством воды его надо разбавлять? Я знаю, многие считают, что надо взять для этого в три раза больше воды. Это, безусловно, очень экономно, но не совсем точно. Попробуйте развести ваш девятипроцентный уксус в два раза большем количестве воды. Поверьте мне на слово: у вас получится трехпроцентный уксус.

Ну, а дальше все довольно просто. Проверните мясо в мясорубке. Размочите кусочки белого хлеба в воде. И смешайте их с мясным фаршем. Не жалейте соли и, главное, перца. Теперь только остается котлеты поджарить. Если у вас нет масла, это не беда. Накройте сковородку крышкой. И по мере жарки добавляйте туда понемногу воды. То, что у вас получится, будет больше похоже на паровые котлеты, нежели на жареные. Но это не столь важно. Что важно, так это не пробовать котлеты, пока вы их жарите. В противном случае вам трудно будет остановиться.

Вареная курица

Для приготовления этого блюда нужно использовать курицу, из которой вы сварили куриный суп. Хорошая хозяйка сможет кормить этой курицей семью из пяти человек два дня. Для этого надо разрезать курицу на десять частей. Какие же это десять частей? Четыре половинки ножек, два крылышка – и у вас уже есть шесть порций. Теперь надо только разрезать туловище на четыре части. Что, как вы сами понимаете, не представляет никаких затруднений.

Естественно, курицу надо подавать к столу с большим количеством гарнира. Я думаю, что обыкновенная отварная картошка лучше всего подходит к куриному мясу.

Ну, это в том случае, если у вас нет капусты. А если у вас есть капуста и нет картошки, то к куриному мясу лучше всего подойдет тушеная капуста.

Если нет ни того, ни другого, я должен буду заключить, что вы совершили стратегическую ошибку. Вместо того чтобы покупать курицу, вы должны были сконцентрироваться на поиске картошки и капусты. Курицу без всякого гарнира едят только толстосумы (то бишь, иностранцы), у которых денег куры не клюют.

Жареная картошка аппетитная

Как вы моете картошку? Я советую отмывать основные комки грязи над большой кастрюлей. И потом вы должны вылить всю эту грязь в унитаз. В противном случае можно серьезно засорить раковину.

После этого картошку надо почистить и еще раз помыть. Нужно ли вырезать зеленые места у картошки? Гурманам, наверное, так и надо поступать. Однако особой нужды в этом нет.

Теперь надо картошку нарезать и жарить на сковородке. Для этого годится любое масло, которое вы смогли найти.

Меня иногда спрашивают, хорошо ли жарить картошку на топленом масле. Спрашивают это люди, которые не знают, как получается топленое масло и для чего оно существует.

Топленое масло получается вытапливанием обыкновенного сливочного масла. При этом масло теряет в весе, но приобретает одно полезное свойство. Его можно хранить долгое время без холодильника. Поэтому, если вы находитесь в условиях, когда у вас есть только топленое масло, вам ничего не остается другого, как жарить картошку на нем. Во всех остальных случаях использование топленого масла является непростительным расточительством.

Еще чаще меня спрашивают, что делать, если масла нет никакого. А один мой приятель спросил меня, что делать, если нет картошки. И я посоветовал ему выпить стакан водки и лечь спать.

И он так и сделал. А потом он мне рассказал, что ему приснился какой-то сказочный сон. Будто он сидит летом на террасе своего загородного дома в тени под зонтом. Вокруг него снуют слуги. Один из них открывает ему ледяное баночное пиво. Другой выворачивает на раскаленную сковородку все содержимое пол-литровой банки с топленым маслом. А третий нарезает соломкой уже почищенные картофелины, абсолютно гладкие и без единого дефекта, каждая размером с футбольный мяч.

Горячая капуста оригинальная

Почему-то я еще не встречал ни одного человека, который считал бы, что он не умеет жарить или тушить капусту. Не буду вас обижать необоснованными подозрениями. А просто дам вам сейчас несколько хороших советов.

Как вы храните капусту? В холодильнике для нее нет места. И это совершенно очевидно. У тех, кто живет в старом каменном доме, нет никаких проблем. В таких домах обычно выдалбливают камни под окном на кухне. Делают там нишу. И там хранят капусту и картошку.

Я живу в блочно-панельном доме. И ничего выдолбить под окном, конечно, не могу. Дом мой построен был еще при кукурузнике в самом начале шестидесятых годов. И тогда все говорили, что строится он временно, чтобы разрешить острую жилищную проблему. И говорили, что рассчитан такой дом только на тридцать лет. После тридцати лет уже будет опасно в нем жить. После этого срока все такие дома, мол, будут снесены и на их месте уже построят хорошие постоянные дома. И я всегда надеялся, что в них будут специально сделаны ниши под окном на кухне для хранения капусты и картошки.

Но вот эти тридцать лет прошли. Никто дома сносить не собирается. Никто даже и не помнит, что они спроектированы были только на тридцать лет. С другой стороны, я пока еще не слышал, чтобы где-то такой дом сам по себе развалился. Так что надо надеяться, что какой-то запас прочности у них все-таки есть.

А теперь о том, как готовить капусту. Начнем с самого начала. Если вы увидели темные капустные места, не надо отрывать и выбрасывать целиком капустные листья. Так поступают только нерасчетливые гурманы. Вырежьте только темные места. Теперь нарежьте все на крупные куски. Ни в коем случае не вырезайте кочерыжку. Если вы хотите съесть ее отдельно – это другое дело. Но просто выбрасывать ее – преступно.

Имейте в виду, что капуста при жарке или тушении очень и очень уменьшается в объеме. Я знаю, что вы часто кладете на сковородку слишком мало капусты. И делаете вы это по двум причинам. Во-первых, вы знаете теоретически, что капуста уменьшается в размерах, но практически, когда вы видите гору свежей еще капусты на сковородке, вы не очень-то можете в это поверить. Во-вторых, даже если вы трезво осознаете, что капусты останется мало, вы думаете, что больше капусты на эту сковородку положить нельзя, потому что ее невозможно будет там перемешивать. И вы, конечно, правы в этом.

Хотя и не совсем.

Не бойтесь положить на сковородку много капусты. Не бойтесь, что она вот-вот вылезет за края сковородки. Через несколько минут капуста осядет. Помешайте ее, загребая особенно с центра, со дна. Она тогда осядет еще. И вскоре вы сможете подложить еще капусты. И через несколько минут еще и еще. Каждый раз, подкладывая свежую капусту, старайтесь «закопать» ее вовнутрь.

Многие, и я бы даже сказал – все, капусту пережаривают. Если вы держите на огне капусту слишком долго, она получается темно-коричневой, мягкой, пересоленной и поэтому невкусной. Я оставляю читателю в качестве домашнего задания – понять, почему она получается пересоленной.

Кстати, хотел вас спросить, знаете ли вы разницу между тушеной капустой и жареной? Когда капусту тушат, сковородку накрывают крышкой. А жарят капусту без крышки. И в этом – большая разница.

Хотя разница получается большой, если капусту держать на огне долго. Для быстрого приготовления капусты разницы нет никакой. По этой причине я и называю ее горячей капустой.

К сожалению, капустное блюдо малокалорийно.

Консервы

Каждый из нас, конечно, не раз видел вздутую консервную банку. Общепринятое мнение таково, что такие консервы есть чрезвычайно опасно. Не пытаясь оспаривать такую точку зрения, я хочу дать вам один совет, который поможет в некоторых ситуациях спасти консервы.

Вскройте банку. Понюхайте содержимое. Если запах ужасный, то может быть действительно лучше такую банку выбросить. Но если неприятного запаха нет или он очень небольшой, тогда можно поступить так, как меня когда-то научили в одной саратовской деревне.

Переложите содержимое в чистую стеклянную банку. Тогда у вас будет больше шансов, что плохие процессы прекратились. Теперь надо содержимое попробовать. Возьмите маленький кусочек. Величиной с фасолину. Я не думаю, что от такой небольшой порции вам станет плохо, даже если содержимое банки действительно испортилось. После того, как вы проглотили пробную порцию, не вздумайте сразу есть все остальное, даже если вам это очень понравилось. Теперь ждите как минимум один день. Если с вами ничего не случилось, консервы признаются годными.

Гурманы, правда, считают, что необходима вторая проверка. Они считают, что второй раз надо съесть чайную ложку продукта. И опять ждать один день.

Некоторые советуют дать попробовать консервы кошке. К сожалению, кошка вздутые консервы не ест.

Хек запеченный в сметане

Основная наша рыбная надежда – мороженый хек – теперь все реже и реже появляется на прилавках магазинов. Однако каждый из нас должен надеяться, что ему когда-то все-таки должно повезти. А вам, может быть, уже повезло. Может быть, вы купили хек давным-давно, положили его в морозильник и ждете торжественного случая?

Ну что ж, вот вам простой рецепт запеченного в сметане хека.

Смажьте сковородку маслом. По всей ее поверхности разложите равномерно хек. Покройте его тонким слоем сметаны. Затем положите сверху тонко нарезанную картошку и кольца лука. Затем опять тонкий слой сметаны и слой тонко нарезанной картошки с луком. Сметану можно (и даже лучше) заменить майонезом или смесью майонеза и сметаны. Теперь надо все это поставить в духовку на средний огонь примерно на полтора-два часа. (Я думаю, что вас не надо предупреждать о том, что ручка у сковородки должна быть металлической.)

Вот, собственно, и все.

Меня часто спрашивают, можно ли хек в этом рецепте заменить другой рыбой. Спрашивают об этом меня московские рыболовы. Они пытаются поймать рыбу в близлежащих водоемах, где ее всю уже давным-давно перетравили отходами заводов. Но квалификация московских рыболовов превосходит все ожидаемые границы. И рыбу они все-таки ловят.

Они изготавливают все свое нехитрое оборудование сами или просят об этом своих друзей. Резинку для донок им вырезают из противогазной маски в химических лабораториях. А все металлические части им делают на заводах или в опытных мастерских.

Рыбу они ловят даже в Москве-реке и в Яузе. Эти две реки – одни из самых грязных в мире. И рыбы там никакой, конечно, быть не должно. Но рыболовы на Москве-реке и на Яузе все-таки стоят. И если какая-то рыбешка там каким-то случайным образом сохранилась, то они ее обязательно поймают.

Так вот эту рыбу я бы ни за что не посоветовал использовать для нашего рецепта. Главным образом, потому что она костлявая. И запекать ее в сметане с картошкой было бы неправильно. Так что для нашего рецепта вам нужно все-таки постараться достать хек.

И вот что я еще хотел бы добавить. С рыбой надо быть осторожным. И прежде чем вы положите хек на сковородку, вы должны убедиться в том, что он у вас свежий.

Ну, я, естественно, не имею в виду, что он у вас свежий в буквальном смысле этого слова. Хек-то у вас мороженый. Я имел в виду, что вы должны убедиться в том, что хек у вас не испорченный. Ведь недоброкачественной рыбой можно серьезно отравиться. Как понять, что вот сейчас как раз, вот с этой рыбой, надо проявить осторожность?

Самые первые показатели – это запах и внешний вид. Если рыба не пахнет или пахнет незначительно и если ее вид не вызывает особых подозрений, тогда она признается годной к употреблению. Если рыба сильно пахнет, то тут самое главное понять, как она пахнет. Любая рыба пахнет. Поэтому тут важно определить, пахнет ли она просто рыбой или тухлой рыбой. Если от рыбы несет тухлятиной, то я бы посоветовал вам ее выбросить.

Я знаю, что многие в таких случаях пытаются рыбу засолить, чтобы впоследствии ее завялить. Я не стал бы этого делать, и вот по какой причине.

Всем известно, что вяленая рыба всегда попахивает. Но запах этот приобретается в процессе вяления. И этот момент является очень существенным. Если рыба пахнет тухлятиной до засолки, есть такую рыбу просто опасно.

Так что, как это ни обидно звучит, следуйте все-таки моему совету: если от рыбы несет тухлятиной, выбросьте ее как можно быстрее. Вялить такую рыбу – это пустые и опасные хлопоты. Вы можете себя успокаивать вот чем. Без пива никто вяленую рыбу не ест. А пиво из продажи практически исчезло. Так кому теперь вяленая рыба нужна?

Гуляш из мясных обрезков

Мясные обрезки. От этих слов у бывалого ленинградца все замирает внутри. Потому что мясные обрезки – это настоящее мясо по цене сорок пять копеек за килограмм. Продаются эти обрезки, насколько мне известно, только в Ленинграде и только в одном единственном магазине на Крестовском острове, неподалеку от Свердловской больницы.

Народ считает, что магазин этот торгует для собак. И обрезки эти иногда называют собачьими. Хотя никаких собачников в этом магазине никто никогда не видел. Все покупают обрезки для себя. Тем не менее, обрезки все-таки называются собачьими. И называет их так народ без всякой обиды и, я бы даже сказал, почтительно.

Как готовится гуляш? Это, в сущности, не так уж и важно – знать точный рецепт. Самое главное – это купить мясные обрезки.

Нарежьте свои мясные обрезки на более мелкие кусочки и положите тушиться в кастрюлю с любым наполнителем, который у вас есть в доме.

Приятные гастрономические ощущения, дополненные чувством глубокого удовлетворения от воспоминания о цене обрезков, – гарантированы.

СЛАДКОЕ И ВЫПЕЧКА
(ТРЕТЬЕ)

Пирожки и блинчики

Когда-то муку продавали только по большим праздникам. И для того, чтобы ее купить, приходилось провести целый день в очереди. К счастью, эти времена уже давным-давно прошли. К сожалению, прошли также времена, когда муку можно было купить в обычный день и в обычном магазине.

Поэтому сейчас, если у вас даже и есть мука, то она была куплена давно, по случаю. И хранилась у вас с тех пор. А если мука у вас хранилась долго, в ней почти наверняка завелись черви. Гурманы могут такую муку выбросить. И это будет весьма глупо – выбросить муку только из-за того, что в ней завелись черви.

Отделаться от червей (абсолютно без всякой потери муки) можно довольно легко. Надо просеять муку через сито.

Что делать потом, вы прекрасно знаете и без моих советов. Можно просто испечь блины. А можно из этих блинов приготовить блинчики с капустой.

Раньше, я помню, многие пекли яблочные пироги. Но где же достать яблоки теперь? Яблоки сейчас найти абсолютно невозможно. Правда, я мог бы подсказать кое-что ленинградцам.

Скажите мне, любите ли вы Пушкина? Ну, тем, кто любит Пушкина, уже можно ничего более и не подсказывать. Как я только упомянул его имя, так уже истинные его ценители сразу все поняли.

Ну конечно же, я имею в виду Государственный мемориальный историко-литературный и природноландшафтный музей-заповедник А.С.Пушкина «Михайловское» в Пушкинских горах. Дело в том, что в этих местах – богатые яблочные сады. А сбыт яблок совсем не налажен. Поэтому яблоки можно там купить сравнительно дешево. Но простому человеку добраться туда чрезвычайно трудно. И экскурсионный автобус является просто спасением для многих любителей Пушкина и яблок.

Знает о Пушкинских яблоках только очень тонкий культурный слой интеллигенции. Но все равно осенью в Ленинградском городском экскурсионном бюро добыть путевку на экскурсию в Пушкинские горы практически невозможно. Спрос на эти экскурсии так велик, что экскурсоводов не хватает. Приходится экскурсоводов набирать с других линий. Ну, они, конечно, не спутают такие октябрьские дни, как девятнадцатое и двадцать пятое. И не скажут они, что Пушкин родился в Святогорском монастыре или что-нибудь еще в таком же роде. Но какую-нибудь неточность до своих экскурсантов запросто могут донести.

Однако дело они свое все-таки знают. Я имею в виду, что яблочное дело они знают. И точно подскажут своим экскурсантам, какая цена нынче правильная и когда лучше всего затовариться – по дороге туда или обратно. Обычно они советуют яблоки закупать на обратной дороге, но хоть немного яблок купить еще до въезда в заповедник. Потому что если экскурсантов без яблок водить по Михайловскому ли, Тригорскому или Петровскому, они начинают со столов из ваз яблоки тащить и по карманам рассовывать. Только экскурсовод куда-то там в сторону отвернется, а уж половины яблок в вазе и нет.

Раньше гурманы яблочные норовили ехать в Пушкинские горы задолго до того, как лес начинал ронять багряный свой убор. И в этом был свой резон. Дело в том, что народ местный (весь поголовно набожный) до Яблочного спаса, то есть до 19 августа, яблоки не собирал. В это время яблоки (если пропустить какие-нибудь экскурсии и побродить по соседним деревням) можно было прямо с земли подбирать. И никто против этого не возражал. Сейчас, конечно, надеяться на это нельзя. Тем не менее, ленинградские любители Пушкина пока еще без яблок зимой не сидят.

А если вы живете в Москве? Что тогда делать? Яблочный пирог для вас – закрытый сюжет. И вам ничего не остается другого, как готовить блинчики с капустой. Но сожалеть об этом вам не надо. Потому что как ни хороши пироги с яблоками, а все-таки, я думаю, все согласятся со мной, что вкуснее, чем блинчики с капустой, нет ничего на свете.

Торт «Наполеон» калорийный

Один мой добрый приятель рассказал мне как-то такую историю. Ему однажды посчастливилось купить две банки сгущенки. И они у него лежали долго без применения. Он все хотел сделать что-то особенное из них. Но все откладывал это дело и откладывал.

И вот он как-то наткнулся на эти банки. И по какой-то необъяснимой причине взял гвоздик, молоток, проткнул две дырочки в банке и стал пить это сгущенное молоко. И он мне сказал, что это было так вкусно, что он не мог остановиться, пока не выпил всю банку. Тогда он опять взял гвоздик с молотком и хотел открыть вторую банку. И тут он понял, что он это уже сделал и опустошил уже две банки сгущенки. Он растерянно смотрел на две пустые банки и никак не мог понять, как такое могло с ним случиться.

Так вот, если вам посчастливится как-нибудь купить сгущенное молоко, попробуйте не поступать так опрометчиво, как поступил мой знакомый. Поверьте мне, лучшее применение для сгущенного молока – это торт «Наполеон».

Я дам вам сейчас рецепт моей мамы, точно в том виде, как я записал его с ее слов 19 ноября восемьдесят девятого года.

Итак, рецепт моей мамы.

Припасите две пачки муки, 200–250 г. сливочного масла, 3–4 стакана ледяной воды и банку сгущенки.

Подготовьте помещение (остудите его).

Двумя очень-очень холодными ножами порубите масло вместе с мукой, постепенно вливая воду. Скатайте ножами, не прикасаясь к тесту руками, колбасу и разрежьте ее на семь маленьких колбасок. Положите их минимум на полчаса в холодильник.

После этого раскатайте две колбаски скалкой (бутылкой из-под водки, но без этикетки), обильно посыпая мукой. Раскатанные колбаски положите на противни и засуньте в духовку. Противни смазывать маслом не надо. Раскатайте остальные колбаски. С ними потом надо будет сделать то же самое.

Семь получившихся коржей можно заготовить заранее. Один из них будет использоваться для присыпки.

Теперь надо приготовить крем. Сливочное масло надо смешать со сгущенкой и взбить двумя вилками (ни в коем случае нельзя эту смесь «перебить»). Затем надо промазать коржи кремом, а сверху присыпать крошкой.

Торт, приготовленный по этому рецепту – умопомрачительно вкусный. Куски торта, которые долежат до следующего дня, еще вкуснее. Поэтому попробуйте отложить хотя бы несколько из них «на завтра». Я понимаю, что даю трудновыполнимый совет. Но вы все-таки попытайтесь это сделать.

К достоинствам торта относится еще и то, что он является необычайно калорийным.

Хлеб

Сладкий горячий чай с ломтиками черного хлеба и сахаром внакладку – это то, что так понравилось Мандельштаму, когда он пировал у Гумилева на первом в Петербурге чтении «Тристии» в начале 1921 года. Что же тогда так понравилось Осипу Эмильевичу?

Николай Степанович приготовил настоящий (не морковный) горячий чай, нарезал черный хлеб, полил его подсолнечным маслом, немного подсолил. Каждый из гостей насыпал на хлеб сверху сахарный песок.

К сожалению, этот рецепт содержит сразу три трудно доставаемых продукта (кроме сахара, продающегося по карточкам): настоящий чай, хлеб и подсолнечное масло. Поэтому он не всегда может быть реализуем сейчас.

Хочу еще вот что сказать о хлебе. Мы знаем, что он быстро черствеет. Однако же выбрасывать черствый хлеб абсолютно непозволительно. Что же можно сделать с почерствевшим хлебом?

Если это белый хлеб, его надо размочить немного в воде и поджарить. Получится даже еще вкуснее, чем свежий хлеб. Если вы добавите на сковородку немного сахару, у вас уже получится что-то вроде пирожных. Старайтесь только переворачивать хлеб на сковородке почаще, чтобы сахар не подгорел.

Кстати, о сахаре. Как вы его храните? Если он у вас только в сахарнице или небольшом пакете, то можно особенно не волноваться, как его хранить. Я знаю, что многие даже не задумывались о том, чтобы запастись сахаром, пока он продавался без карточек. Более того, от него пытались избавиться, когда он был частью продуктового заказа на работе. Но я надеюсь, что вы не были столь легкомысленны и запаслись сахаром хотя бы на какое-то время. И я также надеюсь, что вы его храните не в открытых емкостях. Дело в том, что сахар хорошо впитывает воду. Говорят, что если около мешка с сахаром поставить ведро воды, то за ночь этот мешок всю воду-то и выпьет. Ну, и продавщицы в магазинах этим пользуются. Поэтому сахар продают всегда мокроватым. И в сахарнице он костенеет.

Что тут можно посоветовать? Старайтесь покупать сахар в фабричной упаковке. Ну, а если вы покупаете развесной сахар и продавщица сворачивает вам кулек из бумаги и сыпет сахар туда? Тут уже ничего посоветовать невозможно. Конечно, сахар у вас будет мокрым. Сушить его хлопотно и, в сущности, бесполезно. Но это, в общем-то, не большая беда. Особенно, когда вы его используете для поджарки хлеба.

Что еще можно сделать с черствым хлебом? Черный хлеб можно нарезать на небольшие кусочки, посолить и оставить сохнуть дальше. Его очень хорошо подавать гостям, которые пришли к вам поиграть в карты или лото или побеседовать с вами на кухне об особенностях социалистической системы хозяйствования.

Цукаты из арбузных корок

Ранней осенью советую вам внимательно наблюдать, что происходит на улицах. Потому что осенью на улицах могут продавать арбузы. Когда вы увидите в первый раз громадные сеточные загородки с арбузами, сразу же становитесь в очередь, какова бы она ни была. Не откладывайте покупку арбузов «на завтра». Они исчезают так же внезапно, как появляются. И в следующий раз вы будете иметь возможность их купить, в лучшем случае, только через год.

В своих оценках на то, сколько придется стоять, имейте в виду, что арбузы продаются быстро. Так что много стоять вам не придется. Обычно стоять надо около часа.

С арбузами никогда не бывает ограничений на то, сколько их дают в одни руки. Нет таких ограничений по понятным причинам. Даже если у вас в кармане припрятана авоська (а я надеюсь, что вы никогда и ни при каких обстоятельствах не выходите из дома без авоськи), даже в этом случае много арбузов вам не унести.

Теперь давайте обсудим один важный стратегический момент. Нужно ли делать вырез в арбузе или нет. Если вы покупаете один арбуз, тогда, наверное, сделать вырез не помешает. Если же вы покупаете несколько арбузов и не собираетесь их съесть за один или два дня, то ясно, что все их взрезать не следует. В противном случае они могут подпортиться.

Следите, как делают вырез те, которые стоят в очереди впереди вас. Если вырезы в основном удачные, можно рискнуть и вообще вырез не делать. Если вы зафиксировали несколько неудачных вырезов, то лучше сделать вырез в одном или даже в двух наиболее подозрительных арбузах.

Я не буду объяснять вам, как есть арбуз. Это было бы смешно. Если вы едите его без ножа, вы, во-первых, выглядите как некультурный человек (я знаю, что многих этим не испугаешь). А во-вторых, вы исключаете вторичное использование арбуза.

Значит, мы договорились: вы едите арбуз с ножом. В таком случае корки после вас остаются такими, что на них любо-дорого смотреть.

Теперь можно приступать к приготовлению цукатов. Очистите корки от верхней кожуры. Нарежьте их на кусочки величиной с половину большого пальца. После этого арбузные корки надо варить в густом сахарном сиропе.

Важно не добавить в сироп много воды. Поэтому начните вот с чего. Поместите в кастрюлю очень мало сахару и буквально чайную ложку воды. После того, как сахар нагреется, смесь станет жидкой. В этот момент можно добавить еще немного сахару и пару арбузных корок. Они выпустят сок, и теперь процесс должен пойти быстрее. Добавьте еще сахару, потом еще арбузных корок. В результате вы должны положить в кастрюлю все арбузные кусочки и их должен покрывать сахарный сироп.

Варить корки надо на маленьком огне не менее часа. Когда вы увидите, что сахарного сиропу стало совсем мало, варку надо закончить. Дайте смеси остыть немного. Теперь надо разложить арбузные кусочки по тарелкам, так чтобы каждый кусочек лежал отдельно. Все кусочки должны подсохнуть, но быть немного влажноватыми. После этого их надо слегка присыпать сахаром.

Что делать дальше? Теперь ваши арбузные корки должны долго сушиться при комнатной температуре. Где их лучше всего сушить? Я знаю, что места для этого у вас нет. И по этой причине мало кто делает цукаты из арбузных корок. И, к сожалению, никто вам тут ничего хорошего посоветовать не сможет.

Никто, кроме меня.

Если вы интеллигентный человек (а вы, конечно, интеллигентный человек), то в вашей комнате на всех стенах до потолка висят книжные полки. Между самым последним рядом полок и потолком обычно бывает небольшое пространство. Вот туда вы и должны поставить ваши тарелки с арбузными корками. (Кстати, начиная с этого момента, их можно уже называть цукатами.) Никто их видеть там не будет. Да и вы сами о них, вполне возможно, на какое-то время забудете. И это будет очень и очень хорошо. Потому что сохнуть ваши цукаты должны достаточно долго. Если, скажем, вы вспомните о них через два месяца, то это будет в самый раз. Постарайтесь только не съесть это лакомство за один присест.

НАПИТКИ

Самогонный спирт

Все знают, что скороварка является одной из двух основных частей самогонного аппарата. И это является стопроцентной правдой. Многие считают, что вторым незаменимым элементом аппарата является змеевик и что змеевик чрезвычайно трудно достать. И это тоже является стопроцентной правдой. Ну, в том смысле, что многие так считают. На самом же деле этот змеевик достать не так уж и трудно. К тому же он вовсе не является необходимым элементом самогонного аппарата. И я сейчас объясню, что я имею в виду.

Но сначала – о скороварке. Мы ее используем не потому, что варить самогон надо под большим давлением. Нет. Просто так уж получилось, что скороварка как будто бы специально приспособлена для самогоноварения. У нее – надежная, герметически закрывающаяся крышка. Сверху на крышке имеется вентиль. Он очень удобен для подключения резиновой трубки, по которой отводятся пары в змеевик.

Теперь о том, как все-таки достать этот трудно доставаемый змеевик. Разумеется, я говорю не о металлическом змеевике. Металлический змеевик – это только для эстетов. Простой народ всегда обходился стеклянным змеевиком.

Где же добыть этот стеклянный змеевик?

Опросите своих друзей и близких знакомых. Наверняка кто-то из их друзей или знакомых работает в химической технологии. Пусть вас на него выведут. Вы должны попросить его. Он даст заказ в стеклодувную мастерскую. И ему выдуют змеевик через несколько дней. Осенью или весной этот змеевик сравнительно легко выносится с работы под плащом. Стандартная плата за змеевик – ведро самогона.

А теперь разрешите мне сделать одно небольшое лирическое отступление. Вынос змеевика с работы – не совсем безопасное дело. Бывает, что люди не могут благополучно пронести его через проходную предприятия, на котором они работают. Их там, случается, ловят. А хищение народного добра – это весьма серьезная и неприятная штука.

Так вот, если вы услышите как-нибудь о таком происшествии, проследите, какова дальнейшая судьба того человека, который пытался вынести змеевик. Если его не выгнали с работы... Ну, как бы вам это объяснить... Если его не выгнали с работы, значит, его не надо было выгонять с работы. Вы меня поняли?

Если он совершил такое, что его просто необходимо было выгнать с работы, каким бы хорошим работником он ни был, а его все-таки не выгнали. Значит, он чем-то заслужил, что его не выгнали. Теперь вы меня уже наверняка поняли.

Мне кажется, что это легко понять. Представьте, что человек натворил что-то ужасное. Например, пытался вынести с работы часть самогонного аппарата. За это, вообще говоря, под суд отдают. А этого человека даже с работы не выгнали. Ну, значит, почему его не выгнали? Ухватили?

Почему я говорю тут намеками, а не говорю прямо, что я думаю? Просто в России принято о таких вещах говорить намеками. Например, если наш с вами однокурсник Алешин стучит в КГБ, то об этом принято говорить так: наш однокурсник на букву «А», знаете ли, эдак, тук-тук, тук-тук.

Почему так принято, никто не знает. Но так говорить принято – и все тут. Это как бы является частью русского языка – говорить о таких вот вещах намеками. Ну, а я очень бережно отношусь к традициям русского языка. Поэтому и я тут говорю намеками. Хорошо было бы при этом еще подмигнуть левым глазом. Но я, к сожалению, не знаю, как это можно было бы отразить на бумаге.

Ну, ладно. Теперь вы, наверное, уже точно все поняли, и хватит об этом. Вернемся к нашему змеевику.

Что делать, если вам не найти знакомого, работающего в химической технологии? На самом деле, это очень плохо, если у вас нет такого знакомого. И я даже не знаю, что вам тогда можно посоветовать.

Нет, не в смысле змеевика. О змеевике вы можете не волноваться. Ему есть замена. Но вам в любом случае понадобятся небольшие кусочки резиновых трубок разного диаметра. Поэтому вы все-таки должны напрячься еще немного и поискать связей с химиками. Резиновые трубки – это не змеевик. Их вам вынесет с работы даже малознакомый вам человек. Заодно попросите его вынести вам несколько плотномеров. Ими вы будете определять крепость вашего самогона.

Так что же надо делать, если вы не можете добыть стеклянный змеевик? Не волнуйтесь. Выход есть. Москвичам надо поехать на улицу Горького. И зайти там в магазин «Пионер». (Ленинградцы должны сами сообразить, куда им надо поехать.) В магазине «Пионер» всегда продавались и продаются сейчас алюминиевые трубки. Все, что вам нужно – это две алюминиевые трубки. Чем длиннее будут трубки, тем лучше. Трубки должны быть разного диаметра, так чтобы одна из них свободно входила в другую.

Когда приедете домой, вставьте одну трубку в другую. Внутреннюю трубку подключите резиновым шлангом к вентилю скороварки. По ней будет скапывать самогон. А внешнюю трубку соедините с краном холодной воды. Сделайте так, чтобы самогонные пары и холодная вода шли противотоком друг к другу. И это – все!

Осталось только подготовить сусло.

В трехлитровую банку налейте воды, размешайте там пачку дрожжей и килограмм сахара. Теперь поставьте вашу банку в теплое место бродить примерно на десять дней. По прошествии этих десяти дней вы должны заполнить скороварку на две трети суслом, поставить на газ и ждать, когда из тонкой алюминиевой трубочки начнет скапывать настоящий самогонный спирт. Только умоляю вас – не спрашивайте меня, где достать сахар и дрожжи!

Самогон «Люкс»

Можно ли пить непосредственно самогонный спирт? Конечно, можно. Но иногда неплохо было бы сдобрить его чем-то. Для этой цели подходит все, что оставляет после себя хороший запах. В аптеках иногда продается кора дуба. Она придаст вашему самогонному спирту коньячный цвет и вкус.

Когда будете пробивать в кассе за кору дуба и кассирша спросит вас, в какой отдел пробивать чек, будьте начеку. Не скажите сдуру: «В винный!» Я сам не раз был свидетелем таких случаев. Не с корой дуба, правда. Я видел, как люди покупали в аптеке тройной одеколон. Те, которые были еще только навеселе, говорили кассирше про винный отдел в шутку. Но те, которые уже порядочно захмелели, говорили это вполне серьезно. И были абсолютно уверены в том, что тройной одеколон может продаваться только в винном отделе.

Я как-то положил в самогон немного полыни. И дал ему настояться. Получилось нечто отвратительное. По счастью, у меня среди друзей есть настоящие специалисты по самогонке. Не по приготовлению, правда, а по потреблению. Так вот они сказали, что это было самое лучшее, что они когда-либо пили в своей жизни.

Я очень надеюсь, что после того, как вы наладите у себя производство самогонки, вы не станете выбрасывать карточки на водку. Это было бы непростительной ошибкой. Карточки на водку представляют собой большую ценность. Есть масса возможностей для их использования. Например, ими можно заплатить водопроводчику за мелкий ремонт. Их можно обменять на сахарные карточки. Наконец, карточки на водку – оригинальное дополнение к подарку по любому случаю.

Чайный гриб

Сейчас у всех на подоконнике стоит трехлитровая банка с чайным грибом. И все знают, как достать этот гриб и как его кормить. Если вам отщипнут маленький кусочек гриба, то через пару месяцев при хорошем уходе он уже разрастется по всей поверхности банки. Каждый день можно отпивать из банки одну чашку вкуснейшего напитка. Естественно, при этом надо добавлять в банку чашку воды. Периодически надо также добавлять туда сахар и испитой чай.

Я знаю, что и сахар, и чай сейчас не так легко достать. Но я все-таки надеюсь на вашу изворотливость и запасливость.

Чай, конечно, не является продуктом первой необходимости. Но никому не помешает им запастись, если представится такой случай. Удача может сопутствовать вам только один раз жизни. Как это случилось со мной.

Как-то я случайно забрел в один маленький магазинчик в саратовской глуши. Там я увидел здоровенный фанерный ящик, обклеенный фольгой изнутри. У меня сразу екнуло сердце. И я подошел поближе.

Это был индийский чай по цене шесть рублей за килограмм. Крупные листья со светлыми прожилками – я не видел такого чая никогда. По какой-то непонятной причине на ящике была наклейка: «Второй сорт». Поэтому-то он и стоил только шесть рублей.

Я отчетливо осознавал тогда, что такой удачи у меня в жизни больше никогда не будет. Надо было только не торопиться и не испортить все. Для начала я спросил у продавщицы, есть ли у нее чай первого сорта. Она, естественно, сказала, что у нее нет чая первого сорта. И я сделал огорченное лицо.

Потом я попросил ее насыпать чай в большой кулек. Потом попросил свернуть второй. И потом, постепенно, с шутками и прибаутками я купил все, что оставалось в этом ящике.

Чай очень быстро впитывает в себя посторонние запахи. Поэтому я, как только вернулся в Москву, достал с антресоли приспособление для закрутки консервных крышек и «закрутил» все это мое богатство в тридцать две трехлитровые банки. И вот уже третий год завариваю превосходный индийский чай с крупными листьями и светлыми прожилками.

Моя книга подходит к концу. И мне остается сказать только вот что еще. Конечно, мне очень хотелось бы, чтобы вы прочитали ее вдумчиво. И конечно же, мне очень хотелось бы, чтобы вы действительно стали пользоваться моими кулинарными рецептами и советами. И если вы начнете это делать, то надеюсь, что несмотря на то трудное время, в которое мы все здесь живем, вы тоже будете есть те прекрасные кушанья, которые ем я, и будете, как и я, всегда заваривать такой же превосходный чай, хоть и второго сорта, но с крупными листьями и светлыми прожилками.

Кстати, есть ли у вас приспособление для закрутки консервных крышек? Не помню точную цитату, но какой-то теоретик коммунизма сказал примерно следующее. Вы можете жить при коммунизме лишь тогда, когда вы обогатили себя знанием всех богатств, которые выработало человечество. Не знаю, насколько это изречение справедливо в общем смысле. Но применительно к консервным крышкам оно бьет прямо в точку. Я думаю, что приспособление для закрутки консервных крышек в первую очередь относится к таким необходимым богатствам. И если этого приспособления у вас нет, то, простите, вы еще не готовы для жизни в коммунистическом обществе.

Март САХАР	Февраль САХАР	Январь САХАР

Об авторе

Слава Бродский родился в Тбилиси, но бо́льшую часть своей жизни прожил в Москве. Математик по образованию, он – автор многочисленных работ в области прикладной математической статистики, из которых наибольшую известность получили его книги «Многофакторные регулярные планы» и «Введение в факторное планирование эксперимента».

С 1991 года Слава Бродский живет в Америке. В 2004 году он начал свою писательскую карьеру. Тогда была опубликована его первая повесть «Бредовый суп». В 2007 году выходят его три новые книги: «Релятивистская концепция языка», «Смешные детские рассказы» и «Исторические анекдоты». И наконец в 2010 году выходит еще одно произведение, его давняя задумка – «Большая кулинарная книга развитого социализма».

Слава Бродский живет с женой в Миллбурне (штат Нью-Джерси), работает в Нью-Йорке. Он – вице-президент компании MetLife. Его веб-сайт: www.slavabrodsky.com.

www.ingramcontent.com/pod-product-compliance
Lightning Source LLC
Chambersburg PA
CBHW020332130626
46549CB00003B/1140